Chers amis
bienvenue dans

Geronimo Stilton

Dédié à Mavi Tedeschi Ratosky, petite souris qui ne dévore pas... que des livres !
Dédié aussi à Luca Tedeschi Ratosky, photographe officiel de l' *Écho du Rongeur* !

Texte de Geronimo Stilton
*Basé sur une idée originale d'*Elisabetta Dami
Illustrations de Larry Keys
Graphisme de Merenguita Gingermouse *et* Soia Topiunchi
Traduction de Titi Plumederat

Les noms, personnages et intrigues de Geronimo Stilton sont déposés. Geronimo Stilton est une marque commerciale, licence exclusive des Éditions Piemme S.p.A. Tous droits réservés.
Le droit moral de l'auteur est inaliénable.

www.geronimostilton.com

Pour l'édition originale :
© 2001 Edizioni Piemme S.p.A. – Via Galeotto del Carretto, 10 – 15033 Casale Monferrato (AL) – Italie –
www.edizpiemme.it – info@edizpiemme.it, sous le titre *L' Isola del Tesoro Fantasma*
International rights © Atlantyca S.p.A. – Via Leopardi, 8 – 20123 Milan, Italie – www.atlantyca.com
contact : foreignrights@atlantyca.it
Pour l'édition française :
© 2007 Albin Michel Jeunesse – 22, rue Huyghens – 75014 Paris – www.albin-michel.fr
Loi 49 956 du 16 juillet 1949 sur les publications destinées à la jeunesse
Dépôt légal : premier semestre 2007
N°d'édition : 16878/6
ISBN-13 : 978 2 226 17063 7
Imprimé en France par Pollina S.A., 85400 Luçon - n° L52936E, en février 2010

Stilton est le nom d'un célèbre fromage anglais. C'est une marque déposée de Stilton Cheese Maker's Association. Pour plus d'information, vous pouvez consulter le site www.stiltoncheese.com

Geronimo Stilton

L'ÎLE AU TRÉSOR FANTÔME

ALBIN MICHEL JEUNESSE

GERONIMO STILTON
SOURIS INTELLECTUELLE,
DIRECTEUR DE *L'ÉCHO DU RONGEUR*

TÉA STILTON
SPORTIVE ET DYNAMIQUE,
ENVOYÉE SPÉCIALE DE *L'ÉCHO DU RONGEUR*

TRAQUENARD STILTON
INSUPPORTABLE ET FARCEUR,
COUSIN DE GERONIMO

BENJAMIN STILTON
TENDRE ET AFFECTUEUX,
NEVEU DE GERONIMO

MAIS CE N'EST PAS...
DANGEREUX ?

Ce matin-là, je *travaillais* paisiblement dans mon bureau, lorsque... Oh, excusez-moi, je ne me suis pas encore présenté : mon nom est Stilton, *Geronimo Stilton* !
Je dirige *l'Écho du rongeur*, le plus célèbre quotidien de l'île des Souris ! Ainsi donc, je travaillais *paisiblement* lorsque ma sœur, Téa, envoyée spéciale de *l'Écho du rongeur*, entra dans mon bureau. Elle me fit un clin d'œil et chicota, maligne :

– *Geronimo, laisse tout tomber, on part en vacances...*

– Geronimo, laisse tout tomber, on part en **vacances**, on va s'amuser comme des fous !
Je feuilletai mon agenda et secouai la tête.

– En ce moment, je suis très pris...

Elle pouffa :

– **Pff pff Pff**, ne sois pas **rabat-joie** comme d'habitude ! Traquenard et Benjamin viennent aussi, il ne manque que toi.

Benjamin arriva à ce moment-là.

– Tonton tu connais la nouvelle ? On part en vacances !

Je baissai les pattes :

– D'accord. Que diriez-vous d'une semaine de repos en pleine **nature**, à la **Pension Raton** sur la Côte des Souriceaux ? Il y a un magnifique jardin de citronniers et d'orangers...

Elle me fit un clin d'œil :

– La Pension Raton ? N'importe quoi... Moi, je vais t'emmener... aux Îles Piratesses. Des plages de sable blanc, une eau limpide, une jungle remplie d'animaux sauvages : tigres, pythons, tarentules géantes...

J'hésitai :

– Euh, les plages de sable blanc et l'eau limpide me plaisent bien. Mais tous ces animaux sauvages **NE RISQUENT-ILS PAS** d'être **DANGEREUX**, Téa ricana.

– Allons donc ! Tu es toujours aussi FROUSSARD...

Le temps de faire nos valises et nous étions déjà à l'aéroport de Sourisia.

Tigres féroces...

...serpents venimeux...

...tarentules géantes...

PIRATES
OU CORSAIRES ?

Je me plongeai dans la lecture d'un guide touris-
tique des ÎLES PIRATESSES. J'aime être informé
sur les lieux que je visite !
Il y avait un dossier sur les PIRATES qui
avaient habité l'archipel… le voici !

Bienvenue aux Îles Piratesses !

LES PIRATES

Les Règles du Bord

Les seules lois que respectaient les pirates étaient celles fixées par les règles du bord de leur navire. Par exemple :

1. *Le butin doit être divisé en parts égales entre tous les pirates.*
2. *Les jeux de hasard sont interdits à tous les pirates.*
3. *Sur le bateau, les chandelles doivent être éteintes à huit heures du soir.*
4. *Chaque pirate doit toujours se tenir prêt pour une bataille.*
5. *Les femmes et les enfants ne peuvent monter à bord.*
6. *Celui qui s'enfuit au cours d'une bataille ou qui commet un vol est puni de mort.*

Pirates, corsaires, boucaniers et flibustiers.

Après que Christophe Colomb a débarqué en Amérique, la piraterie s'est développée sur les côtes des Caraïbes et des Antilles. Il y avait plusieurs sortes de pirates...

Les **corsaires** étaient des soldats réguliers qui étaient autorisés à attaquer d'autres navires par une *lettre de course* (d'où leur nom de *corsaires*) délivrée par leur souverain, à qui ils devaient remettre la moitié de leur butin. Le plus fameux d'entre eux fut Francis Drake, officiellement nommé par la reine Elisabeth 1ʳᵉ d'Angleterre.

Les **boucaniers** étaient des aventuriers qui faisaient de la contrebande aux Antilles. Le plus célèbre fut Henry Morgan. Le mot **boucan** désigne le gril sur lequel on cuit la viande aux Antilles.

Les **flibustiers** étaient des pirates d'origine anglaise, française et hollandaise qui sévissaient aux Caraïbes.

Tortuga

Tortuga était une île très défendue : on ne pouvait y aborder que par un seul chenal, au milieu des récifs. C'était le lieu idéal pour se cacher et mettre ses bateaux à l'abri. Aussi l'île devint-elle le repaire des pirates.

Au secours, un pirate à la mer !

Aussi incroyable que cela paraisse, souvent, les pirates ne savaient pas nager. Ils se vantaient même de dominer les mers sans avoir jamais pris un seul bain.
Par exemple, le célèbre pirate Bartholomew Portugues, qui ne savait pas nager, s'enfuit d'un navire prison en flottant jusqu'à la rive sur des tonneaux.

Le drapeau des pirates

Les marins qui le voyaient approcher étaient parfois si effrayés qu'ils se rendaient sans combattre !
Chaque commandant avait son drapeau personnel.
Voici les plus célèbres :

Le drapeau de Calico Jack

Le drapeau de Black Bart

Le drapeau de Long Ben

Le drapeau de Barbe Noire

ABC DES PIRATES

Amener : baisser le pavillon.

Bâbord : c'est ainsi qu'on appelle le côté gauche d'un bateau (lorsqu'on regarde vers la proue).

Border : tendre un cordage pour raidir une voile.

Boussole : instrument composé d'une aiguille aimantée qui s'oriente toujours vers le nord magnétique et d'un cadran gradué à 360°.

Cap : direction d'un navire.

Carte marine : carte géographique donnant les informations utiles à la navigation, telles que la profondeur de la mer, les courants, les phares, les mouillages, etc.

Filin : cordage servant à hisser et à orienter les voiles.

Gaffe : perche munie d'un crochet que l'on utilise pour récupérer un cordage ou s'éloigner de la rive.

Gouvernail : planche immergée tournant autour d'un axe. Elle est manœuvrée par une barre ou par une roue se trouvant sur le pont. C'est elle qui règle la direction du bateau.

Hisser : faire monter une voile.

Journal de bord : registre sur lequel sont notés tous les renseignements concernant la navigation : changements de cap, conditions de la mer, événements particuliers...

Maître d'équipage : le plus vieux des sous-officiers de bord.

Mollir : détendre un cordage.

Poupe : arrière d'un navire.

Proue : avant d'un navire.

Sentine : la partie la plus basse à l'intérieur de la cale.

Tribord : c'est ainsi qu'on appelle le côté droit d'un navire (quand on regarde vers la proue).

Virer : modifier son cap, en changeant le côté du bateau exposé au vent.

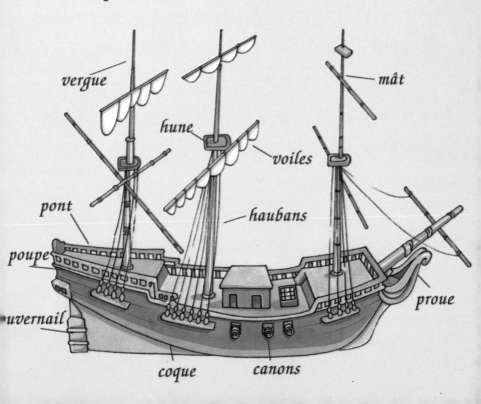

vergue

mât

hune

voiles

pont

haubans

poupe

proue

uvernail

coque

canons

Garozailerons

Îlococo

Gécoulélmoteur

Je continuai ma lecture du guide : « *Certains îlots sont désertiques, comme* **ÎLOCOCO**, *sur lequel pousse un unique cocotier...* **GAROZAILERONS**, *dont les plages sont infestées de requins féroces...* **Gécoulélmoteur**, *où les courants sont si forts que les bateaux doivent mettre leur moteur au maximum pour ne pas s'échouer sur les récifs...*

UNTROUPERDUAUMILIEUDENULLEPART, *toute petite et isolée ; et enfin la plus lointaine et la plus sauvage de toutes, la seule qu'aucun avion ne survole jamais et où jamais aucun navire ne fait escale et où jamais personne ne rêverait d'aller... l'île de* Toc-Flop, *où vivent de nombreux oiseaux*

Untrouperduaumilieudenullepart

Toc-Flop

CHAF. *C'est ici, selon la légende, qu'un pirate a caché un trésor sur le... »*

J'entendis appeler : – **Geronimoo !**

C'était ma sœur Téa.

– On y va ! Dépêche-toi ! **Allez allez allez !**

Je soupirai :

– J'arrive, quelles manières...

Je glissai le guide dans mon sac à dos et montai dans l'avion.

Traquenard marmonna :

– Pour pas changer, Geronimo en retard, le museau toujours collé dans un livre...

Un gars,
ou plutôt un rat,
assez bizarre

Treize heures plus tard, l'avion atterrit à l'aéroport de Trésordupirate, dans l'île de Touchpahamonnor.

Un petit hydravion nous attendait pour nous conduire sur une autre petite île perdue : Garomoustachecemoikevla.

Notre pilote privé, COCOROA POUSSTOIDLA dit DÉGAGE, arriva en tanguant doucement.

– Salut, frère ! me salua-t-il indolemment en grignotant des chips. C'était un gars, *ou plutôt un rat,* assez bizarre. Il portait une paire de **petites lunettes noires.**

ARCHIPEL ÎLES PIRATESSES

A = TOUCHPAHAMONNOR. **B** = GAROZAILERONS.
C = GAROMOUSTACHECÉMOIKEVLA. **D** = GÉCOULÉLMOTEUR.
E = JESUIFLIBLUSTIER. **F** = UNTROUPERDUAUMILIEUDENULLEPART.
G = ÎLOCOCO. **H** = KANCÉKONNARIVE. **I** = VENHENPOUPE.
J = HISSÉLÉVOILE. **M** = JETÉLANCRE. **N** = AMNÉLPERROKÉ.
O = SOURIHABABOR. **P** = SOURIHATRIBOR. **Q** = TOC-FLOP.
X = AÉROPORT DE TRÉSORDUPIRATE.

Son gros corps dodu était empaqueté dans une chemisette très tape-à-l'œil **JAUNE** (avec des petits cœurs **ROUGES** transpercés de flèches) et un bermuda **VIOLET** déchiré, à la ceinture duquel pendait un porte-clés en fourrure de chat synthétique. Il portait en bandoulière un sac en tricot bourré de pop-corn.

Il avait l'oreille droite déchiquetée, comme si un félin la lui avait mâchouillée, et, à la gauche, il portait toute une **BROCHETTE** de boucles d'oreilles en argent. Son pelage, noir comme la poix, était tressé à la mode « rasta ».

Au poignet, il avait un bracelet en dents de *requin*...

autour du cou

COCOROA POUSSTOIDLA dit DÉGAGE

un médaillon doré sur lequel
était gravé : Qui ne cocoroate
pas ne vole pas !

Sur le biceps droit un tatouage
de tête de mort avec l'inscription :

De toute façon on va tous crever !

Sur le gauche, un autre tatouage
en forme de cercueil : Cimetière, attends-moi... j'arrive !
Cocoroa me donna une tape sur l'épaule
qui fit s'entrechoquer mes amygdales.
Puis il marmonna, en grignotant
du pop-corn :
– Paré au départ, frère !

POUSSE-TOI DE LÀ, DÉGAGE !

Cocoroa sauta dans l'hydravion d'un bond étonnamment agile, puis colla sur le cockpit une photo toute graisseuse portant la légende :

JE SUIS LA MAMAN DE DÉGAGE.

Il lui envoya un bisou :

– Salut, maman !

Puis il marmonna :

– *Par mille cocotiers décocoroatés !* Je ne me souviens plus comment on fait pour démarrer. Ça fait bien longtemps que je n'ai pas volé…

Je pâlis, mais il éclata d'un rire bruyant :

– Ho hoo hooo ! Tu y as cru, hein, frère ?

JE SUIS LA MAMAN DE DÉGAGE

Je demandai à voix basse à mon cousin :

– Euh, tu ne trouves pas que ce pilote est un peu

b¹Z ªr_re ?

CE N'EST PAS DANGEREUX de voler avec lui ?

Il ricana :

– Allons donc, les pilotes sont toujours bizarres !
Prends Téa, par exemple : tu la trouves normale,
elle ?

Ma sœur hurla :

– Comment oses-tu ?

Tandis que j'essayai de ramener la paix entre
Traquenard et Téa, Cocoroa se mit à la fenêtre et hurla
au mécanicien qui contrôlait le moteur :

– Pousse-toi de là, DÉGAGE !

Puis, à une vitesse exagérée, il se prépara à décoller.

– *Oh qu'il est beau de s'envoler et son pelage de ris-
quer... Maintenant je vais décoller... Mais je ne sais
si j'atterrirai.*

Le temps était couvert et je demandai à Téa :

– Euh... CE N'EST PAS DANGEREUX ?

Elle ricana :

– Moi, je fais confiance aux prévisions météo. Si elles disent qu'on peut partir, c'est qu'on peut partir ! Geronimo, tu es toujours aussi froussard !

Je lançai un regard dubitatif vers le ciel qui *(à mon avis)* était en train de se

couvrir...
couvrir...
couvrir...

Cocoroa passa la tête par le hublot et hurla à tous les rongeurs qui encombraient la piste :

– POUSSEZ-VOUS TOUS DE LÀ, DÉGAGEEEZ !

Puis, par une manœuvre *(à mon avis)* hasardeuse, il mit les gaz et décolla.

Dès que nous fûmes en l'air, il se donna une tape sur le front.

– Par mille boulons déboulonnés, j'ai oublié de faire le plein !

Je crus m'évanouir, mais il ricana :

– Ho hoo hooo ! Tu y as cru, hein, frère ?

Il me donna un coup de coude.

– *Par mille bananes aéroplanes,* tu vou-
drais bien vérifier à l'extérieur pour
vérifier si l'hélice tourne ? Elle s'arrête
de temps en temps...

Je balbutiai :

– Quoiquoiquoi ?

Il éclata d'un gros rire tonitruant :

– *Par mille orteils écrabouillés,* tu te fais toujours
avoir, frère !

J'allais lui dire **4** mots, *ou plutôt* **8**, *ou plutôt*
16, mais Benjamin me murmura à l'oreille :

– Laisse tomber, oncle Geronimo, ça ne vaut
jamais la peine de SE METTRE EN COLÈRE !

Je soupirai :

– Tu as raison, Benjamin.

JE L'AVAIS
BIEN DIT…

Au bout d'une heure de vol, les nuages noirs s'étaient amoncelés dans le ciel et l'hydravion commençait à cahoter, secoué de *haut* en *bas* par d'impétueuses rafales de vent.

Cocoroa regarda à l'extérieur et bredouilla dans la radio :

– Tour de contrôle, vous avez des nouvelles du temps ?

La radio grésilla :

– Ici la tour de contrôle…

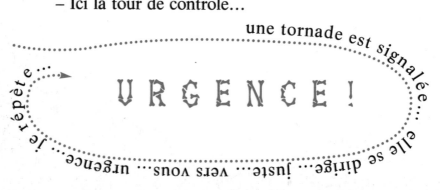

une tornade est signalée… elle se dirige… juste… vers vous… urgence… je répète… URGENCE !

Cocoroa PÂLIT.

Téa PÂLIT.

Traquenard PÂLIT.

Benjamin PÂLIT.

Moi, j'étais déjà PÂLE tellement j'avais peur depuis que nous avions décollé !

Cocoroa hurla :

– La tornade arrive !

Je criai :

– Je l'avais bien dit… je l'avais bien dit que c'était DANGEREUUUUUX !

Museau le premier dans les vagues bleues

J'aidai Benjamin à passer son gilet de sauvetage. Plus personne ne parlait, tout le monde regardait avec inquiétude le ciel qui s'obscurcissait. Un vent violent soufflait, ballottant l'hydravion de-ci de-là.

SWISH... SWISHH.. SWISHHH...

Agrippé à mon siège, les moustaches vibrant de peur, je serrai très fort la petite patte de

Benjamin :

– N'aie pas peur, ma petite lichette d'emmental, tu verras qu'on s'en sortira !

Cocoroa hurla, pour couvrir le bruit du vent qui sifflait :

– Je vais tenter un amerrissage de *FORTUNE !*

Le nez de l'avion piqua résolument.

Le vent était de plus en plus fort et les vagues de plus en plus proches…

Soudain, une rafale de vent plus violente que les autres emporta l'hydravion et le précipita le museau le premier dans les vagues bleues.

GLOUBBB...
BLOUB BLOUB BLOUB !

L'hydravion coula avec un gargouillis sinistre.
GLOUBBB BLOUB BLOUB BLOUB ! Nous
essayâmes d'ouvrir la porte, mais la pression de
l'eau était trop forte.

C'est seulement quand l'avion fut plein
d'eau que nous réussîmes à l'ouvrir.

Je pris une profonde inspiration, attrapai
Benjamin par une patte et sortis.

L'eau était GLACIALE et me coupa le
souffle. Il fallait que je nage, mais dans quelle
direction ?

Comme il faisait noir dans l'eau !

J'avais les poumons prêts à éclater.

J'avais besoin d'oxygène, et vite !

Nous essayâmes d'ouvrir la porte...

...mais c'est seulement quand l'avion fut plein d'eau...

...que nous réussîmes à l'ouvrir !

Je remarquai les bulles d'air de ma respiration : en suivant leur direction, je nageai vers le haut, sans lâcher la petite patte de Benjamin.

Enfin, j'arrivai à la surface, en recrachant de l'eau salée.

– Tout va bien, petit neveu de mon cœur ! On s'en est sorti ! dis-je en caressant ses petites oreilles humides.

Non loin de nous, Téa et Traquenard apparurent.

Pas de trace de Cocoroa.

Devant nous, nous aperçûmes un îlot.

Nous nageâmes jusqu'à la rive et nous allongeâmes, épuisés, sur le sable. Benjamin se blottit contre moi, tremblant de froid et de peur.

Je l'embrassai bien fort pour le réchauffer et lui donnai un bisou sur ses moustaches trempées.

– Courage, mon petit chéri, tu verras, on s'en sortira !

RIEN NE PEUT ARRÊTER LA FAMILLE STILTON !

Le SOLEIL reparut. J'étais optimiste :

– Le pire est derrière nous !

Traquenard marmonna, LUGUBRE :

– Tu veux dire qu'on va rester pris au piège ici pendant des jours, des semaines, des mois, des années même, que j'aurai des toiles d'araignées dans les moustaches et que ma queue moisira et que...

Téa l'interrompit :

– Non, nous survivrons, en ne comptant que sur nos propres forces !

Benjamin sourit :

– Oui, tante Téa, nous nous en sortirons. Rien ne peut arrêter la famille Stilton !

Nous croisâmes nos queues et nous écriâmes en chœur :

- Rien ne peut arrêter la famille Stilton !

Nous nous répartîmes les rôles. Traquenard se chargea de trouver la nourriture... Téa ramassa du bois pour allumer un feu... Benjamin tressa des pagnes en feuilles de palmier... Je construisis un refuge sous un arbre takamaka. Ce fut une journée pénible : le soleil nous rôtissait le crâne... un vent impétueux nous entortillait les moustaches... et j'avais les pattes endolories par la fatigue !

Takamaka

Je levai les yeux pour déterminer combien de temps il restait avant le coucher du soleil, quand... **Chaf !**

Une **petite fiente** me tomba droit dans l'œil gauche.

Chaf ! Chaf ! Chaf ! D'autres petites fientes me tombèrent dans l'œil droit.

Chaf ! Chaf ! Chaf ! Chaf ! Chaf ! Chaf !

Chaf ! chaf ! chaf !

Le ciel s'était rempli d'une nuée d'oiseaux aux plumes blanches, semblables à des mouettes.
Les oiseaux croissaient effrontément :

Grak graak graaak !

Pour nous protéger, nous fabriquâmes de petites ombrelles en feuilles. Dès que nous fûmes à l'abri, Traquenard improvisa un ballet sur la plage en chantonnant :

Scouit scouiit scouiiit !
Stupides mouettes...
arrêtez vos pirouettes...
nous avons des parapluies...
contre votre caca tout mou...
coucouroucou coucou coucou !

LES FANTÔMES,
ÇA N'EXISTE PAS !

Ce bruit, Chaf, me rappelait quelque chose… Ah…
le guide des ÎLES PIRATESSES parlait des « oiseaux
Chaf » qui nichaient sur une île appelée Toc-
Flop…

Je conclus :

– Je comprends ! Nous nous trouvons sur l'île de
Toc-Flop ! Dommage que je n'aie plus mon
guide… Mais je me souviens de tout ce que j'ai lu
sur les plantes et sur les fruits comestibles.

Traquenard éclata de rire :

– Geronimo joue à Monsieur Je-Sais-Tout !

Téa, elle, me complimenta :

– Bravo, Geronimo, heureusement que tu as lu ce
guide, cela va beaucoup nous aider !

Je me souvins que j'avais lu autre chose…

« Autrefois, les pirates se réfugiaient sur les Îles Piratesses avec des galions pleins d'or. Nombreux sont les trésors qui y sont encore cachés... Et nombreux y sont aussi les fantômes ! Par exemple, sur l'île déserte de Toc-Flop, on dit qu'erre le fantôme du célèbre pirate Pattedargent. Son galion était fameux parce qu'il réussissait à disparaître soudainement et mystérieusement quand il était pourchassé par ses ennemis... »

Pattedargent

Ce soir-là, je pris Benjamin dans mes bras pour le protéger et je me blottis sous des feuilles de palmier, en essayant de trouver le sommeil. Pour me donner du courage, je répétai à voix basse :

- LES FANTÔMES, ÇA N'EXISTE PAS...
- LES FANTÔMES, ÇA N'EXISTE PAS...
- LES FANTÔMES, ÇA N'EXISTE PAS...

TU ES PLUS NIGAUD QU'UN ANCHOIS !

Le lendemain matin, nous décidâmes d'explorer l'île. Nous suivîmes un sentier de sable rougeâtre, qui serpentait au cœur d'une IMPÉNÉTRABLE FORÊT de mangroves.

Mes pattes s'enfonçaient dans un terrain humide et il était de plus en plus PÉNIBLE d'avancer. Çà et là, dans le sable, il y avait de gros trous. Je vis pointer une pince menaçante :

pianta di mangrovia

brrr, c'étaient des trous de crabes géants !

Traquenard, qui marchait derrière moi, marmonna :

– Pff, sur cette île, les mangroves sont plus serrées que des puces sur le pelage d'un chat teigneux. *Ouillouillouscouit,* quel cauchemar !

Puis il hurla à tue-tête :

– Geronimoooooo !

Quelque chose de visqueux et de collant s'accrocha à mon museau.

– Une **SANGSUE !** Geronimo, tu as une sangsue sur le museau ! cria Traquenard.

– *Au secouuuuuuuuurs !* hurlai-je, en m'arrachant du museau l'objet mystérieux.

– Mais... mais... mais... C'est un mouchoir humide ! balbutiai-je, surpris.

Traquenard sautillait autour de moi en riant comme une baleine.

– *Ha ha haaa, tu es plus nigaud qu'un anchois... Ha ha haaa, tu y as cru, au coup de la sangsue !*

Je m'élançai à sa poursuite.

– Si je t'attrape, je vais t'en donner, moi, des sangsues !

Je vais t'en donner, moi, des sangsues !

Un crabe de trois étages et demi

Traquenard s'enfuit en ricanant.

Il se retourna pour me faire un **pied-de-nez**, mais, brusquement, PÂLIT.

– G-Geronimo… n-ne bouge pas, reste immobile… il y a un énorme crabe derrière toi !

Je soupirai.

– Et tu crois que je vais gober ça !

C'est encore une de tes **plaisanteries**.

Mon cousin, les yeux écarquillés, murmura :

– Je ne plaisante pas, Geronimo. Il y a vraiment un crabe ! *Parole d'honneur de rongeur !*

J'éclatai de rire :

– Allons donc !

Je me retournai et découvris un crabe **géant**, ou plutôt **énorme**, ou plutôt **immense** !

Un *méga méga méga-crabe* de trois étages et demi !

J'essayai de garder mon calme.

Je fis un petit pas en arrière, puis un autre et un autre encore… Le crabe me fixait de ses petits yeux MÉCHANTS.

Je jetai un coup d'œil derrière moi : quelques mètres encore, et j'étais sauvé.

Quelques pas de plus et je pourrais plonger dans l'eau pour m'enfuir.

Mais soudain… mon cousin éternua.

D'un mouvement vif, le crabe tendit une pince et m'attrapa, en me soulevant en l'air.

– **Au secouuuurs !** hurlai-je, la tête en bas.

Téa et Benjamin sortirent de derrière un rocher.

– Tiens bon, Geronimo ! Nous allons te sauver !

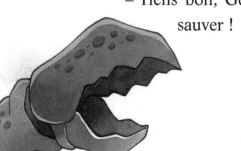

Téa vaporisa une giclée de parfum dans les yeux du crabe.

Le crabe, aveuglé, secoua les pinces en l'air en me faisant tournoyer, tandis que je hurlai, terrorisé :

- Scouiiiiiiiiiiiiiiiiiiiiiiit !

Traquenard lui jeta une noix de coco sur la tête et le crabe chancela, é t o u r d i !

Enfin, Benjamin lui chatouilla les pattes avec une plume de mouette.

Le crabe ricana et me lâcha d'un coup... en me lançant avec une force inouïe en direction des arbres.

Je retombai tout droit... dans un nid de perdrix !

Au secouuUuuuUuuuUurS !

J'étais entouré de petits oiseaux qui ouvraient grand leur bec. La maman perdrix arriva à ce moment, tenant un VER GROS ET GRAS dans le bec.

J'ouvris la bouche pour crier :

– Je veux descendre !

Mais elle me fourra le ver dans la bouche.

Je recrachai, dégoûté.

– Je ne suis pas un bébé perdrix ! Mon nom est Stilton, *Geronimo Stilton !*

Je descendis de l'arbre et sanglotai désespéré :

– Par mille mimolettes, je n'en peux plus. Je veux retourner à la maison. Moi, je voulais des vacances tranquilles, à la *Pension Raton*

Toc...
FLOP !

Nous nous couchâmes à la tombée du jour, mais,
à minuit, je me réveillai en sursaut.

Un silence surnaturel était tombé sur la forêt.

J'entendis un bruit très bizarre : Toc... flop !
Toc... flop ! Toc... flop !

On aurait dit le bruit de quelqu'un qui marchait
avec une jambe de métal et une vraie jambe.

Toc... FLOP !

Benjamin murmura, épouvanté :
– C'est peut-être le FANTÔME, tonton !
Je serrai très fort sa petite patte :
– Petite souris de mon cœur, tu verras, tout se pas-
sera bien !
Avec précaution, avec de très trèèèèès grandes pré-
cautions, je trottinai jusqu'à la plage.
C'est alors que je tombai sur de drôles d'em-
preintes…
Qui avait bien pu les laisser ?
Peut-être était-ce… le

PIRATE FANTÔME ?
PIRATE FANTÔME ?
PIRATE FANTÔME ?

UNE NOIX DE COCO SUR LE CIBOULOT

Sur la pointe des pattes, j'allai me poster derrière des fougères.

L'autre (qui que ce soit) était en train de manger comme un glouton.

Miam miammiam miammiam !

Je vis une ombre grande et **grosse** qui grignotait une noix de coco.

Je me penchai pour mieux voir… la noix de coco entamée me tomba sur le ciboulot !

Je m'évanouis et, quand je revins à moi, l'autre était déjà parti.

La nuit suivante, le fantôme se manifesta DE NOUVEAU !

Je l'entendis clopiner sur les rochers. Toc...
flop ! Toc... flop ! Toc... flop !
Je m'approchai précautionneusement et vis
une ombre qui grignotait... un crabe rôti. Je
me penchai pour mieux voir... la carapace
du crabe me tomba en plein sur la
caboche ! Quand je revins à moi, l'autre avait
déjà disparu.

La **nuit** suivante, je me postai sur la plage. Cette
fois, je voulais vraiment surprendre le fantôme !
À minuit pile, je l'entendis arriver.

Toc... flop ! Toc... flop ! Toc... flop !

J'ouvris grand les yeux pour distinguer l'ombre...
qui, cette fois, grignotait une mangue.
Je m'avançai en criant :
– Qui que tu sois... *haut les pattes !*
Rends-toi !

Au même moment, le **noyau** de la mangue me frappa entre les deux yeux.

JE TOMBAI COMME UNE QUILLE.

Quand je recouvrai mes esprits, le fantôme était penché sur moi.
Un rayon de lune **l'éclaira**... et je reconnus un museau familier.

Un rayon de lune éclaira le fantôme…

Un...
F-FANTÔÔÔME !

En se penchant sur moi, le fantôme hurla à tue-tête :
– Salut, frère !
Je le regardai mieux : oui, c'était bien lui, c'était...
COCOROA POUSSTOIDLA dit DÉGAGE.
Terrorisé, je balbutiai :
– M-mais ce n'est pas possible ! T-tu n'étais pas... tu
n'étais pas... tu n'étais pas... mais alors tu es un
F-FANTÔÔÔÔÔÔÔME !
Je m'évanouis.
Quand je revins à moi, j'écarquillai les yeux et
hurlai de nouveau :
FANTÔÔÔÔÔÔÔME !
Cocoroa ricana, satisfait :
– Ho hoo hooo, frère, tu parles d'un fantôme !

Je l'observai mieux : Mais bien sûr, c'était vraiment
Cocoroa... et il était VIVANT !

– Quand l'hydravion a coulé, je me suis accroché
à l'hélice de bois, qui flottait. Puis les vagues
m'ont rejeté sur le rivage.

– Pourquoi ne t'avons-nous pas vu ? demandai-
je.

– Parce que j'ai établi mon campement
de l'autre côté de l'île !

Il se fourra dans la bouche un ananas
entier, avec l'écorce et les feuilles, et
le mastiqua bruyamment :

– Miammiam miamiam !

Je ne comprenais toujours pas. Mais... pourquoi
entendait-on ce bruit bizarre !

Toc... flop ! Toc... flop ! Toc... flop !

Il me montra une béquille qu'il avait faite dans un
tuyau de métal de l'hydravion.

– Dans l'accident, je me suis démis une cheville, et c'est pourquoi je dois m'aider d'une béquille pour marcher.

Il sautilla.

Toc... flop ! Toc... flop ! Toc... flop !

Je me grattai la tête.

– Ainsi, tout s'explique...

LE FANTÔME... LE BRUIT... LES BÉQUILLES...

DES HUÎTRES
EN VEUX-TU EN VOILÀ !

Ce soir-là, nous fêtâmes le retour de Cocoroa.
Voici le menu :

Palourdes en sauce
Pâté de crabe
Brochettes de thon
Fruits de l'arbre à pain
Crème douce de coco

Je me léchai les moustaches. Miam, j'avais de
l'appétit ! Je goûtai une huître, mais... poussai un
hurlement :

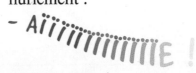

- AïïïïïïïïïïïïïïïïE !

J'écarquillai les yeux : dans l'huître, il y avait une perle… une grosse perle qui m'avait ÉBRÉCHÉ une dent !

Téa se précipita pour ouvrir les autres huîtres. Chacune contenait une perle !

Les yeux de Traquenard brillaient d'excitation.

– *J'en mets ma queue à couper,* qu'on va rentrer à Sourisia riches à millions ! Waouh !

NOUS FORMONS UNE ÉQUIPE, OUI OU NON ?

Le lendemain matin, Traquenard me réveilla à l'aube.

– Geronimo, on va *PÊCHER ?*

Je bâillai, ensommeillé :

– Si tu veux !

Nous arrivâmes sur la plage.

– Les huîtres d'hier soir, je les ai trouvées près du rivage. Mais il n'y en a plus. *Toi,* tu dois pêcher là, l'eau est *profonde !* expliqua Traquenard.

– Pourquoi « dois-je » ? Tu ne viens pas avec moi ?

Traquenard ricana.

– *Nous formons une équipe, oui ou non ?* Alors nous nous partageons les rôles : *tu* nages (je te laisse la tâche la plus facile) tandis que *je* reste sur la plage pour *organiser ton travail !*

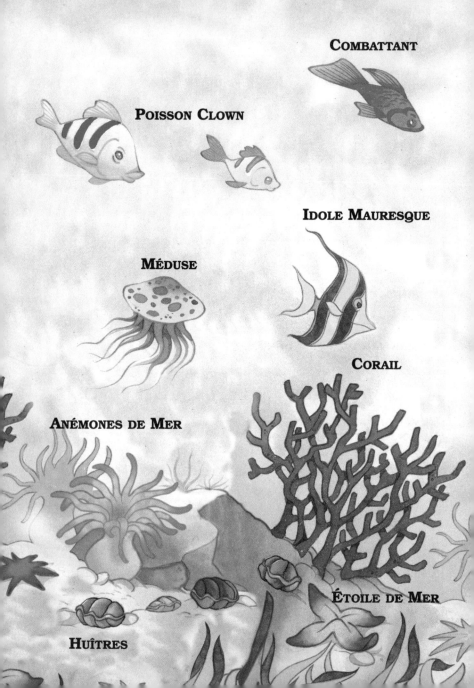

COMBATTANT

POISSON CLOWN

IDOLE MAURESQUE

MÉDUSE

CORAIL

ANÉMONES DE MER

ÉTOILE DE MER

HUÎTRES

MURÈNE

POULPE

POISSON ANGE
EMPEREUR

Je plongeai, un panier d'osier en bandoulière. L'eau était GLACIALE et transparente... je descendis, descendis de plus en plus, vers les fonds marins. D'innombrables poissons colorés nageaient autour de moi ! J'évitai une méduse (il est dangereux de les frôler, car leur contact provoque une sorte de BRÛLURE). Je vis aussi une murène et, là aussi, passai le plus loin possible d'elle, parce que, si elle vous mord, vous vous en souvenez... Que de coraux sur les fonds marins ! Et des anémones de mer, des étoiles de mer, des poulpes...

Enfin, à vingt mètres de profondeur environ, je

découvris des dizaines, des centaines, des milliers d'huîtres accrochées aux rochers. J'en détachai quelques-unes à l'aide d'un couteau, les plaçai dans mon panier et remontai à la surface. Je repris ma respiration. Ouf !

De loin, je vis que Traquenard me faisait de drôles de signes ; il criait quelque chose que je n'arrivais pas à comprendre :

– ...quiiiiiin...

J'étais intrigué.

– Qu'est-ce que c'est que ce *quin* ?

Je me retournai et vis un aileron de REQUIN !

Alors j'entendis mon cousin crier :

– *Les requins !*

Je me mis à nager à une vitesse folle.

DE LA PÂTÉE POUR REQUINS !

J'étais assez près du rivage, mais le requin, lui aussi, était très près… **TROP PRÈS !**
Lui aussi nageait à une **VITESSE** folle. Il essayait de me mordre en faisant claquer ses énormes mâchoires, aux dents aiguisées comme des rasoirs.

Clacouiclac ! clacouiclac ! clacouiclac !

2. *Cocoroa plongea…*

1. *Le requin me poursuivait…*

Le requin était de plus en plus proche de moi, je sentais même son haleine qui puait le poisson pourri !

J'entendis un cri :

– Je m'en occupe, frère !

Cocoroa fit la bombe en se lançant du plus haut des rochers ! Il me frôla et s'écrasa droit sur le crâne du requin, qu'il envoya ainsi au dodo ! Je continuai à nager et arrivai sur la plage à une telle vitesse que je labourai un sillon dans le sable !

Je balbutiai :

– I-il s'en est f-fallu de peu que je devienne de la... **PÂTÉE POUR CHATS !**

Traquenard ricana et me corrigea :

– *De la pâtée pour requins,* plutôt...

3. *Il tomba sur le requin...*

4. *Enfin j'atteignis la plage !*

Tu veux que je lui fasse le « Traitement Cocoroa » ?

Ce soir-là, Cocoroa et moi allâmes chercher de l'eau à la petite **cascade**, non loin de notre campement.

À la lueur de la lune, le sable autour de la cascade étincelait comme par magie…

Je ramassai une petite poignée de sable et compris qu'il s'agissait de **CRISTAUX** de quartz.

Nous allions rebrousser chemin quand nous entendîmes des voix…

Curieux, nous nous penchâmes au bord de la falaise et découvrîmes un canot en mauvais état qui approchait de la plage.

Dans la clarté de la lune, je distinguai deux gars, *ou plutôt deux rats,* assez bizarres. Le premier était petit et maigrichon, avec de **grosses** dents en avant.

Il portait un uniforme de marin RONGÉ par les mites et une casquette de capitaine. Sur le museau, une paire de lunettes de soleil rafistolée avec un pansement.

L'autre était rond et **dodu**. Il portait un vieux maillot de bains noir à bretelles, sur lequel était brodée l'inscription ALLEZ CANOTIERS, et un bob de marin. Il avait aux pattes des palmes jaunes attachées avec des élastiques et tenait un masque dont la vitre était fêlée.

Cap. I. Taine Bara Tineur

C'était lui qui ramait. En même temps, il chantait…

Chasse ici, chasse là, parapa-papa-papa…
nous sommes des chasseurs de trésors,
nous cherchons des bijoux et de l'or,
c'est nous qu'on est les plus forts,
et qu'on n'essaye pas de nous empêcher,
sinon on va vous déchiquetouiller !

Le rondouillard sautillait comme un yoyo qui a le hoquet :

– Qu'on n'essaye pas de nous empêcher, pas vrai, *capitaine Cap. I. Taine* ! Sinon, on les *déchiquetouille* !

Le capitaine soupira :

– Rame, Bara Tineur !

Le rondouillard poursuivit (ce devait être un grand baratineur) :

– Il faut dire à personne qu'on a trouvé la carte d'un trésor, pas vrai, *capitaiiine* ?

Il déplia une carte.

– Mais surtout, il faut pas dire que le trésor est

caché sous un rocher en forme de canon, pas vrai, *capitaiiine* ?

Le capitaine tonna :

– Tais-toiiiiii !

– *Capitaiiine*, où il peut bien être, ce trésor ? Hein ? Où il peut bien être ? Où il peut bien être, *capitaiiine* ? Hein hein hein ?

– **Ça suffit !** Au lieu de bavarder, plonge un peu pour contrôler si le rocher n'est pas là-dessous, sinon nous descendrons à terre et nous chercherons sur l'île !

Le rondouillard plongea. **Plouf !**

Quelques minutes plus tard, il émergea en crachant de l'eau :

– Pas de rocher en forme de canon !

Le capitaine se gratta la **caboche**

– Hum, bon, on va explorer l'île.

Le rondouillard ricana :

– Et s'il y a quelqu'un sur cette île qui veut nous piquer le trésor, on lui fera une peur bleue, pas vrai, *capitaiiiiine* ?

Je murmurai à Cocoroa :

– Que fait-on, maintenant ?

Il jeta un trognon d'ananas et s'essuya le museau avec une grande feuille de bananier :

– Burp ! Frère, tu veux que je m'en occupe, *moi* ? Tu veux que, moi, je lui fasse… le « traitement Cocoroa » ?

Je demandai, intrigué :

– « Le traitement Cocoroa » ?

Il ricana :

– TRAITEMENT COCOROA :

d'abord je les embarbouille…

ensuite je les écrabouille…

ensuite je les mâchouille…

ensuite je leur démoustache *les moustaches…*

ensuite je leur défourre *la fourrure…*

ensuite je leur équeute *la queue, ensuite…*

Je secouai la tête.

– *Pas* de violence, nous devons nous contenter de les faire partir !

POUSSEZ-VOUS DE LÀ, DÉGAGEZ !

Cocoroa S'ILLUMINA.

– Attends-moi ici, frère...

Pendant ce temps, les deux intrus avaient débarqué sur la plage et avaient tiré leur canot au sec.

Le capitaine ordonna :

– À mon commandement, en avant,

MARCHE !

Le rondouillard retira ses palmes et son masque. Il alluma une lampe à pétrole et prit une bêche.

Les deux s'engageaient à présent sur le sentier !

Mais où était passé Cocoroa ?

J'entendis un bruissement et me retournai.

Dans la pénombre, un spectre blanc comme la neige se matérialisa devant moi, en hurlant :

– BOUUH ! POUSSE-TOI DE LÀ, **DÉGAGE !**

J'ouvris la bouche pour crier, mais mes cordes vocales étaient paralysées !

Le spectre chuchota, satisfait :

– C'est convaincant, hein, frère ?

Avant que j'aie pu dire un seul mot, Cocoroa (parce que c'était bien lui) partit au galop sur le sentier, en hurlant :

– POUSSEZ-VOUS DE LÀ, DÉGAGEZ !

Quand les deux rongeurs le virent, ils s'écrièrent :

– Un fantôôôme !

Ils dévalèrent le sentier, sautèrent dans leur canot et repartirent en ramant vigoureusement.

Le « fantôme » se tourna vers moi et mordit dans une papaye.

– Alors, comment m'as-tu trouvé, frère ?

Il m'expliqua fièrement :

– Je me suis roulé dans le sable de **CRISTAUX** de quartz. Ça fait un effet génial, pas vrai, frère ?

Je m'aperçus que les deux fugitifs avaient oublié la carte du trésor sur laquelle il était inscrit : « *Sous le rocher en forme de canon se trouve le Trésor* »...

J'étais vraiment curieux de savoir ce qu'ils cherchaient. Y avait-il vraiment un trésor dans le coin ?

Cocoroa grogna :

– **Hum**, *un rocher en forme de canon ?* J'en ai vu un. Je suis sûr que c'est par ici, *j'en mets mes moustaches à couper...*

IL TE FAIT ENVIE, MON TRÉSOR ?

Nous décidâmes d'aller jeter un coup d'œil : lui explorait la zone à gauche du sentier, moi, celle de droite.

Je m'aventurai entre les fougères et les bananiers BRRR, il devait y avoir plein de serpents cachés parmi les feuilles...

J'allai faire demi-tour, quand je remarquai un ÉTRANGE rocher en forme de canon, tapissé de mousse et de plantes rampantes.

Je l'escaladai.

À la lueur de la lune, je remarquai une inscription sur une pierre. C'était une drôle de comptine. Je m'approchai, curieux. Je la lus à haute voix...

IL TE FAIT ENVIE, MON TRÉSOR ?
TU TE LÈCHES LES MOUSTACHES
À L'IDÉE DE L'OR ?

SI LE TRÉSOR TU VEUX TROUVER,
IL FAUT TON CERVEAU EMPLOYER.
RIEN N'EST JAMAIS CE QU'IL PARAÎT...
CELA, TU NE DOIS PAS L'OUBLIER !

CE QUI S'ÉLÈVE, JE L'ABAISSE...
SURTOUT S'IL EST PLEIN DE GRAISSE !
CE QUI S'ABAISSE, JE L'ÉLÈVE...
SI TU SAUTES, MAIS PAS EN RÊVE !

SI TU ES SEUL, C'EST LA PAGAILLE.
TU PEUX T'INQUIÉTER, AÏE AÏE AÏE !

SI VOUS ÊTES DEUX, ÇA VA BIEN...
TANT QUE L'ÉQUILIBRE TU TIENS.
EN BAS OU EN HAUT, EN HAUT OU EN BAS ?
SOIT TU Y ES...
SOIT TU N'Y ES PAS !

Je remarquai aussi une pierre triangulaire sur laquelle était posée une plaque de roche.

Je m'assis dessus pour réfléchir… mais la pierre oscilla et se déplaça, dévoilant un trou.

Curieux, je me glissai dedans… Le rocher bascula et reprit sa position initiale.

J'étais *fait comme un rat,* et criai :

- AU SECOUUURS !

Cependant, Cocoroa s'était approché.

Il farfouilla autour du rocher :

– Où es-tu, *frère* ?

Je hurlai :

– Là-dessouuus !

– *Sous ?* Tu as trouvé des sous ?

– Dans la TRAPPE !

– *La nappe ?* Quelle nappe ?

– Assieds-toi sur le rocheeer !

– *Un hochet ?* Tu as besoin d'un hochet ?

Enfin, il s'assit sur le rocher et la trappe s'ouvrit.

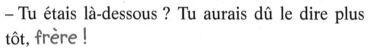

Je bondis au dehors en poussant un soupir de soulagement. Il grogna :

– Tu étais là-dessous ? Tu aurais dû le dire plus tôt, frère !

J'AI BIEN CRU
Y LAISSER MON
PELAGE !

Je m'assis au bord de la trappe et épongeai mes moustaches EN SUEUR.

– Ouf, cette fois, j'ai bien cru y laisser mon pelage !

Cocoroa était curieux :

– Qu'y a-t-il là-dessous, frère ? On descend, allez !

Il cala un morceau de BOIS dans la trappe, pour que le rocher ne puisse plus se refermer.

– Tu as vu ça ? Maintenant on peut descendre !

Il frotta deux petits morceaux de silex. Il attendit qu'une étincelle jaillisse et ENFLAMMÉ une feuille sèche.

Puis il sortit une bougie de sa poche et l'alluma.

J'étais très curieux… Savoir ce qu'il y avait là-dedans ?

Mais il me paraissait juste de prévenir nos compagnons D'AVENTURE.

– Si, vraiment, nous devons trouver un trésor, je veux que Téa, Traquenard et Benjamin soient présents !

Je retournai au campement pour les chercher, puis, tous ensemble, nous pénétrâmes dans la trappe, où nous découvrîmes un **escalier** étroit creusé dans la roche.

Nous descendîmes…

      descendîmes…

        descendîmes…

…lentement, une marche après l'autre.

Le premier de la file était COCOROA, qui tenait la chandelle. La flamme ondulait, en jetant sur les parois des ombres bizarres, inquiétantes…

BRRRRRRRR !

QUELLE PEUR, QUELLE FROUSSE, QUELLE TROUILLE !

Traquenard marmonna :

– C'est encore loin ?

Sa voix résonna, effrayante.

Enfin, nous arrivâmes au bas de l'escalier.

C'était le point de départ d'un nouvel escalier, dont les murs étaient ruisselants d'humidité.

Soudain, j'entendis un **bruissement**.

Un courant d'air glacial hérissa mon pelage… et des ailes douces, tièdes et **POILUES** effleurèrent mon museau.

UNE
CHAUVE-SOURIIIS !

– Une **CHAUVE-SOURIIIS !** Ou plutôt, un chauve-rat géaaaaaaaant ! hurlai-je, terrorisé.

La chauve-souris essaya de s'enfuir, mais ses griffes s'emmêlèrent dans mon pelage.

– *Au secouuuuuuurs !* m'écriai-je.

J'entendis la petite voix de Benjamin.

– Tiens bon, oncle Geronimo, je vais t'aider !

En un éclair, il dégagea la chauve-souris de mes touffes de poils et, enfin, le pauvre animal put s'envoler.

– Oufff ! Merci, Benjamin ! balbutiai-je.

Puis je blêmis :

– *Par mille mimolettes,* je crois qu'il m'a fait pipi sur la tête !

secoua *secoua*

Téa s'approcha et me **secoua** :

– Du calme, je vais te faire revenir à toi, Geronimo !

Traquenard s'approcha et me donna toute une série de gifles :

– Du calme, je vais te faire revenir à toi, Geronimo !

Cocoroa vint à son tour et me jeta un seau d'eau **GLACIALE** sur le museau :

– Du calme, je vais te faire revenir à toi, Geronimo !

Je hurlai, exaspéré :

JE VAIS PARFAITEMENT BIEN ! PARFAITEMEEENT ! PARFAIT

Vous comprenez cela ? Je ne me suis jamais senti mieux !

C'est alors qu'une stalactite me tomba sur la tête et que je m'évanouis.

UNE BOSSE GROSSE COMME UNE GOURDE !

Quand je revins à moi, je marmonnai :

– Ouille ouille ouille, ma tête…

Je la tâtai : j'avais une bosse grosse comme une gourde !

Téa, Traquenard et Cocoroa s'écrièrent en chœur :

– Tu as besoin d'aide, Geronimo ?

Je m'empressai de répondre :

– Non merci !

Benjamin s'approcha de moi :

– Appuie-toi donc sur moi, oncle Geronimo !

Avec l'aide de Benjamin, je parvins à descendre marche après marche.

Le passage aux parois rocheuses serpentait encore pendant une centaine de mètres, de plus en plus **profond.**

Je regardai ma montre : c'était l'aube.

Quelques marches encore, puis l'obscur souterrain commença à S'ÉCLAIRER.

Nous poursuivîmes, intrigués.

La lumière était de plus en plus forte.

Enfin, nous arrivâmes au fond...

Nous nous écriâmes tous ensemble :

– *Ooooooooooh !*

Le souterrain débouchait dans une immense caverne marine. Ses parois étaient faites de quartz scintillant.

Je levai les yeux et regardai le plafond : il était constellé d'énormes cristaux. Les premiers rayons du soleil passaient à travers ces cristaux avant d'illuminer la caverne d'une lueur MAGIQUE. L'eau était très claire, et je distinguai parfaitement les poissons **colorés** qui frétillaient sur le fond.

Mais il y avait une surprise plus grande encore : au centre de la caverne flottait un **ÉNORME** galion… un galion *pirate* !

Je remarquai un CURIEUX détail : les mâts étaient repliés. Je me demandai bien pourquoi.

J'essuyai mes lunettes pour mieux voir et observai le galion.

Il s'appelait…

TRÉSOR.

Je sortis la carte et lus…

Mâts repliés

sous le rocher en forme de canon se trouve le Trésor !

OH !
HISSE !

Traquenard prit son élan et plongea dans l'eau cristalline.

– Brrr, elle est **TRÈS FROIDE !** hurla-t-il en faisant de grands **mouvements** de brasse. Il s'agrippa à la chaîne de l'ancre du galion et, vif comme un rat, grimpa sur le pont, puis nous lança une échelle de corde pour que nous montions à notre tour.

Téa annonça :

– Voilà comment nous allons rentrer à la maison !

Traquenard et Cocoroa essayèrent de remonter l'ancre, qui était très lourde :

– Oh... hiiisse ! Oh... hiiisse ! Oh... hiiisse !

Comme poussé par une main **INVISIBLE**, le galion se dirigea vers la sortie de la caverne.

Le galion était un bateau de guerre ou de transport comportant plusieurs ponts. Il avait trois ou quatre mâts avec des voiles latines carrées. Il naviguait du XVe au XVIIe siècle, et était destiné aux longues traversées.

Je regardai sous le bateau, dans l'eau, et je vis que des grosses chaînes cachées sur le fond traînaient le galion hors de la caverne, grâce à un MÉCANISME à ressort. Le galion sortit de la caverne… et, soudain, les mâts se relevèrent comme par magie. Ils étaient reliés à des câbles cachés !

Les mâts se bloquèrent avec un **clac,** tandis que nous assistions, admiratifs, à ce prodige de mécanique.

Le galion sortit de la caverne avec les mâts repliés…

… puis les mâts se levèrent !

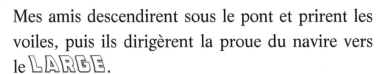

Mes amis descendirent sous le pont et prirent les voiles, puis ils dirigèrent la proue du navire vers le LARGE.

Ils hissèrent les voiles… Le galion bondit comme un cheval de course.

Cocoroa se dirigea vers la barre et proposa :

– C'est moi qui pilote ?

– Noooooooooon ! criâmes-nous en chœur, *comme un seul rat.*

Benjamin me montra un dessin réalisé avec un morceau de charbon sur une FEUILLE de bananier.

– Tonton, ça te servira si tu écris un livre sur cette aventure !

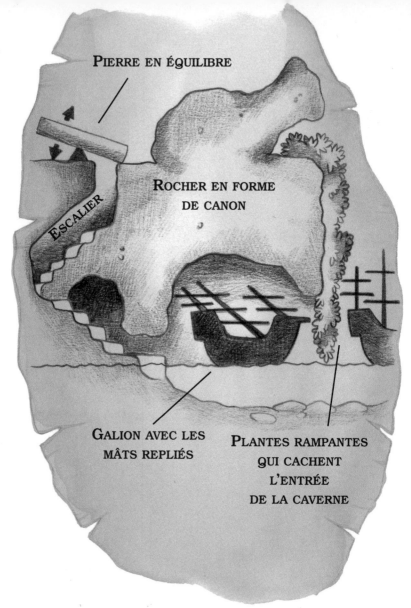

PIERRE EN ÉQUILIBRE

ROCHER EN FORME
DE CANON

ESCALIER

GALION AVEC LES
MÂTS REPLIÉS

PLANTES RAMPANTES
QUI CACHENT
L'ENTRÉE
DE LA CAVERNE

Sur ce dessin de Benjamin, voici la cachette
secrète du pirate Pattedargent et de son galion.

LE DERNIER SECRET DE L'ÎLE

La proue du galion FENDAIT LES VAGUES, les voiles étaient gonflées par la douce brise des mers du Sud. Je jetai un dernier regard sur l'île. C'est alors qu'il me sembla entendre un bruit.

Toc... flop ! Toc... flop ! Toc... flop !

Je tendis l'oreille, mais la terre était déjà loin. L'avais-je vraiment entendu, ou était-ce un tour que me jouait mon imagination ?

Peut-être le FANTÔME... existait-il vraiment ?

Je regardai l'île Toc-Flop, longuement, jusqu'à ce qu'elle disparaisse à l'horizon. Je souris sous mes moustaches.

Tout le monde a le droit d'avoir un secret.

Même une île !

LE JOURNAL DE BORD DE PATTEDARGENT

Nous voguions maintenant sur l'océan.

J'examinai le galion : il paraissait en parfait état, mais il y avait de la poussière partout, et il fallait ASTIQUER les cuivres.

Téa prit tout de suite le commandement des opérations et organisa notre équipe :

– Traquenard, tu feras le cuistot. COCOROA, tu es responsable des voiles. Moi, je tiendrai la barre, Benjamin est nommé mousse… Geronimo cherchera les instruments de navigation.

Je me dirigeai vers la cabine du pirate, aux murs couverts de MARQUETERIE de bois.

Je m'assis sur son fauteuil et un énorme nuage de poussière s'éleva autour de moi.

Mon regard fit le tour de la cabine : des sabres et des épées étaient accrochés au mur, et même une peinture à l'huile qui le représentait, lui, le pirate **Pattedargent**.

Je le dévisageai, perplexe.

Il avait un air vaguement familier.

BIZARRE !

Tout ému, j'ouvris le tiroir de son bureau. Que de papiers !

Des parchemins jaunis par le temps, des lettres d'une écriture pleine de *FIORITURES*...

Voici l'encrier de cuivre du pirate. Et voici son journal de bord !

Il avait noté avec précision tous les voyages effectués par le galion Trésor. Tous les ports qu'il avait fréquentés, tous les abordages qu'il avait faits... oh, que d'**OR** il avait amassé !

...aux murs étaient accrochés des sabres et des épées...

Je continuai à lire le journal du pirate.

À la fin, je trouvai un chapitre étrange : il parlait du pirate et de sa famille.

Je n'en croyais pas mes yeux. Était-ce possible ?

Sur l'une des pages…

… était écrit…

… le nom de…

Stilton !

UN AIR...
DE FAMILLE !

Je lus le journal avec **ANXIÉTÉ**.

Je découvris que l'*arrière-arrière-arrière-arrière-arrière-arrière-arrière-arrière-arrière-grand-père de mon arrière-grand-père* était cousin du pirate **Pattedargent**.

J'en eus le souffle coupé ! Incroyable ! Je pris le livre et sortis au pas de course pour aller apprendre la nouvelle aux autres. En quittant la cabine, mon regard tomba de nouveau sur le portrait du pirate.

Voilà pourquoi il avait un air *familier*...
Évidemment : nous faisions partie de la même
famille !
Les autres furent très fiers d'avoir du **SANG**
PIRATE dans les veines.
Nous discutions, très émus, quand Benjamin nous
interrompit.
– Oncle Geronimo !
Viens voir !
Je courus à lui.
Benjamin avait fini
d'astiquer les
cuivres du galion.
Comme ils bril-
laient ! On aurait
dit... on aurait dit...
on aurait dit... oui,
on aurait dit...
DE L'OR !

Benjamin s'écria, tout excité :

– Regardez, toutes les parties métalliques du galion sont en or !

Benjamin dévissa une vis et la tendit vers le soleil : un rayon la fit étinceler.

– DE L'OR, DE L'OR, DE L'OR ! chicota-t-il, ébloui.

Tout était en or : les poignées de portes, les robinets, les casseroles, et même l'ancre !

Je murmurai :

– Voilà où était caché l'OR du pirate ! Et voilà pourquoi le galion avait été baptisé TRÉSOR : il avait une valeur inestimable !

Je proposai d'offrir le galion au MUSÉE NATIONAL DE SOURISIA au nom de la famille *Stilton* :

– C'est un moment important de notre histoire et il est beau de le partager avec tous les rongeurs de notre île !

Nos **racines** sont très importantes…

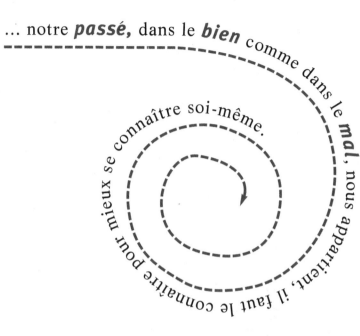

... notre **passé,** dans le **bien** comme dans le **mal,** nous appartient, il faut le connaître pour mieux se connaître soi-même.

MUSÉE

UNE TEMPÊTE AU POIL
ET À REBROUSSE-POIL

Le lendemain matin, je me levai et trouvai mes amis dans la cuisine du galion.

Traquenard cuisinait, Cocoroa se goinfrait à qui mieux mieux.

– **Miam, Miam**, elle est très bonne ton omelette aux œufs de mouettes et aux **ALGUES !** Et la soupe de moules et de palourdes, quelle délicatesse ! Une véritable recette pirate !

Quand il me vit entrer, il me salua en brandissant sa fourchette :

– Salut, **frère**, ton cousin et moi avons décidé que, à notre retour nous ouvrirons un petit restaurant de poissons sur le port. À propos, **miam**, tu veux goûter ?

SOUPE DU CORSAIRE

INGRÉDIENTS POUR 4 PERSONNES : *2 kilos de moules et de palourdes nettoyées – 3 cuillerées à soupe d'huile – 1/2 oignon haché – 2 gousses d'ail – 4 tomates pelées coupées en dés – des tranches de pain grillé – du persil.*

PRÉPARATION : *dans une poêle, faites blondir l'ail et l'oignon dans de l'huile. Ajoutez la tomate, le persil, salez et poivrez. Au bout de quelques minutes, ajoutez les coquillages. Faites cuire à feu vif jusqu'à ce que tous les coquillages soient ouverts. Mettez les tranches de pain dans des assiettes creuses et recouvrez-les de soupe.*
Un conseil pour les pirates : ajoutez du piment rouge !

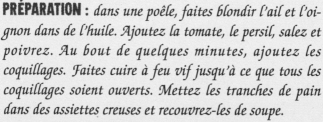

– Non, merci, répondis-je en souriant.
Cependant, Téa étudiait les **vieilles** cartes maritimes du pirate pour tracer notre route.

Benjamin entra en courant et en criant :

– Oncle Geronimo, 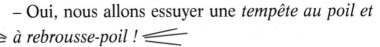 à l'horizon !

Nous sortîmes. Téa murmura, inquiète :

– Oui, nous allons essuyer une *tempête au poil et à rebrousse-poil !*

Nous amenâmes les voiles et les remplaçâmes par de plus petites. Ainsi, si le vent se renforçait, le bateau ne prendrait pas trop de vitesse. Puis nous fermâmes tous les hublots, pour que L'EAU ne puisse pas y entrer pendant la tempête. Nous nous attachâmes au navire avec de solides cordages, pour ne pas être projetés dans la mer. Traquenard nous apporta des tasses de bouillon chaud.

– Ça nous donnera de l'énergie pour affronter la tempête !

Pour entretenir notre bonne humeur, Cocoroa et lui se mirent à raconter des blagues sur les pirates. Malgré la situation, nous étions morts de rire.

BLAGUES CORSAIRES

• *Le capitaine ordonne : — Jetez l'ancre !*
Et le mousse : — Mais, capitaine, elle est toute neuve !

• *À bord d'un navire, une voie d'eau s'est déclarée.*
Quand le capitaine arrive, il est déjà trop tard :
le bateau commence à sombrer. Il crie au mousse :
— Mousse ! Quand tu as vu que l'eau entrait,
tu aurais dû m'appeler, idiot !
Le mousse de répondre :
— Mais je suis bien élevé, capitaine, je n'oserais jamais
vous appeler idiot !

• *Un pirate achète un perroquet. Le vendeur lui dit :*
— C'est un perroquet bilingue français :
il parle soit français, soit italien.
— Ah oui ? Et comment choisit-on la langue ?
— Rien de plus simple :
il a un fil accroché à chaque patte.
Si vous tirez sur le fil de droite,
il parle français.
Si vous tirez sur le fil de gauche,
il parle italien.
— Et si je tire sur les deux fils en même temps ?
Et le perroquet lui répond :
— Je me casse la figure, gros nigaud !

TIENS BON, SOURICEAU !

Nous terminâmes les préparatifs juste à temps. L'obscurité était tombée : et le VENT se levait, furieux, faisant siffler les haubans (c'est-à-dire les cordages qui soutiennent le mât). Les vagues étaient très hautes, aussi hautes qu'une maison de sept étages ! Le galion montait et descendait, montait et descendait, montait et descendait. Mon estomac aussi *montait* et *descendait*... et j'étais vert comme du roquefort trop fait !

Une voile se déchira et Cocoroa sauta sur le pont.
– Il faut l'amener, frère !
J'essuyai mes lunettes RUISSELANTES d'eau de mer et je le suivis.

Le bateau **s'inclina**, tandis qu'une vague balayait le pont.

Entre deux rafales de vent, j'entendis crier :

– Attention frère !

Nous rampâmes sur le pont mouillé, centimètre après centimètre, jusqu'à la proue.

Enfin, nous pûmes amener la voile...

Mais le galion s'inclina de nouveau. À ce moment-là, je m'aperçus que Benjamin tombait à la mer !

Je fis un bond vers la poupe et parvins à l'attraper par une

Son poids m'attirait vers le **bas, toujours vers le bas...**
Mais je ne lâchai pas prise.

Je criai :

– Tiens bon, souriceau ! Je ne te laisserai pas tomber, même s'il devait m'en coûter la vie !

Une **GROSSE PATTE** poilue m'attrapa par la peau du cou et me tira vers le **haut** (ou plutôt *nous* tira vers le haut) avec force. Cocoroa éclata de rire :

– Vous l'avez échappé belle, hein, **frère** ?

Cependant, le bateau s'était redressé.

J'embrassai très fort Benjamin.

– Le pire est derrière nous, tu verras !

Ma sœur Téa, qui tenait fermement la barre, cria :

– Le ciel s'éclaircit, la tempête s'éloigne !

Peu à peu, les vagues retombèrent et la mer retrouva son calme.

Téa donna un coup de 🐾P🐾A🐾T🐾T🐾E🐾 sur la barre, admirative.

– Ce **galion** est un grand bateau. Si on s'en est sorti, c'est grâce à lui !

AH, SOURISIA
LA DOUCE !

Enfin, un matin à l'aube, j'entendis Benjamin
crier :

-Teeeeeeerre !

Nous étions de retour à l'Île des souris.
Nous étions de retour chez nous !
À l'entrée du port, je vis la Statue de la Liberté
qui brandit dans le ciel un morceau de fromage.
Nous chantâmes l'hymne de Sourisia :

- Ah, Sourisia la douce,
île bienheureuse,
où toutes les souris
sont joyeuses...

Puis nous nous écriâmes tous ensemble :

– Rien ne peut arrêter la famille Stilton !

Sur les quais, tous les rongeurs nous regardaient, bouche bée.

– Mais c'est Stilton…

– Oui, *Geronimo Stilton* !

– Et c'est sa famille !

– Mais qui est ce gars, *ou plutôt ce rat,* qui grignote des chips à côté d'eux ?

– Mais c'est Cocoroa ! Incroyable !

Nous jetâmes l'ancre juste devant la capitainerie du port.

Nous descendîmes à terre, puis j'annonçai :

– Nous offrons ce galion qui a appartenu au pirate **Pattedargent** et son précieux trésor à la Ville des Souris !

Ce fut une acclamation :

– Hourra pour la famille Stilton ! Hourra pour la Ville des Souris.

UN COUP
DE TÉLÉPHONE
SURPRISE !

Vous voulez savoir la fin ?

Le galion devint un splendide musée flottant consacré à l'histoire des pirates.

Tous les habitants de notre ville, *grands* et *petits*, allèrent le visiter...

Satisfait, je retournai à mon bureau, à *l'Écho du rongeur*.

Je fis un discours devant mes collaborateurs.

– Chers amis (car c'est ainsi que je vous considère), je suis heureux de vous revoir après cette **DANGEREUSE** aventure. Je vous l'avoue, je suis très ému. Ah, j'en aurai des choses à vous raconter. J'ai bien failli y laisser mon **PELAGE** ! Jamais je n'ai été plus **heureux** de retourner au travail, parole de Stilton, *Geronimo Stilton*.

La rédactrice en chef, Chantilly Kashmir, toussota pour attirer mon attention.

– Euh, Geronimo, il y a un appel téléphonique pour toi.

Je secouai la tête :

– Réponds que je rappellerai.

– Il semble que ce soit URGENT !

Je pris le téléphone.

– Allô, ici Stilton, *Geronimo Stilton*.

– Et ici Dégage, COCOROA POUSSTOIDLA dit DÉGAGE. Salut, frère, figure-toi que j'arrive, c'est comme si j'étais là, chez toi. On a plein de choses à se raconter, pas vrai ?

– Quoiquoiquoi ? Tu arrives ? Mais tu resteras combien de temps ?

Il ricana.

– Ça dépend de ton fromage.

Et il y a aussi mes petits cousins : Corailloroa, Cocacoroa…

Est-ce que tes réserves sont bien garnies, frère ?
C'est ce qui décidera de la durée de mon séjour !
Maman est pressée de te connaître. Et il y a aussi
mes petits cousins : CORAILLOROA, COCACOROA,
COCASSOROA, COCHONOROA, COCORICOROA,
COCOTTOROA, COLLOMBOROA, COLÉRICOROA,
COLIBRIROA, COTONOROA, COLIFICHOROA,
CORNICHONOROA… Je t'ai apporté un souvenir des
Îles Piratesses : de la **MARMELADE DE CHAUVE-
SOURIS !** Tu es content, *frère* ?

Je ne répondis pas.

Je ne pouvais pas répondre.

je m'étais évanoui !!!!!!!!!!

Pour survivre, il est utile de connaître les techniques de survie... mais le plus important est de garder la tête froide et de ne jamais se décourager !

Comment s'orienter : les nuits sans nuages, on peut s'orienter en observant les étoiles. L'étoile la plus lumineuse est l'étoile polaire, qui fait partie de la constellation du Petit Chariot (ou Petite Ourse). Pour la repérer, il faut d'abord trouver le Grand Chariot (ou Grande Ourse). Partez des deux dernières étoiles du Grand Chariot : multipliez par cinq la distance entre ces deux étoiles et, en prolongeant dans la même direction, vous arriverez à l'étoile polaire, qui vous indiquera toujours le Nord. Dans l'hémisphère austral (c'est-à-dire en dessous de l'Équateur), on s'oriente avec la Croix du Sud. Sa position indique toujours le Sud.

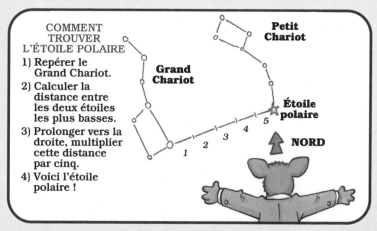

COMMENT TROUVER L'ÉTOILE POLAIRE
1) Repérer le Grand Chariot.
2) Calculer la distance entre les deux étoiles les plus basses.
3) Prolonger vers la droite, multiplier cette distance par cinq.
4) Voici l'étoile polaire !

Petit Chariot

Grand Chariot

Étoile polaire

NORD

Signes de piste : **si vous voulez laisser des signaux pour ceux qui vous suivent le long d'un sentier, voici comment faire :**

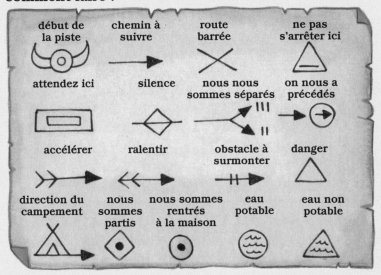

Comment construire une boussole : **si vous n'avez pas de vraie boussole, prenez un récipient, remplissez-le d'eau, attendez que le liquide ne bouge plus.**

Laissez tomber au centre un petit morceau de papier, arrangez-vous pour qu'il flotte sans toucher les bords. Posez une aiguille dessus. Le petit morceau de papier va tourner. Quand il s'immobilisera, l'aiguille indiquera la direction Nord-Sud.

1. avec des morceaux de bois

2. avec des pierres

3. avec une loupe ou un miroir !

Comment allumer le feu ? 1. frottez deux morceaux de bois ; 2. ou bien entrechoquez deux silex ; 3. ou bien concentrez les rayons du soleil avec une loupe ou un miroir !

Ramassez des feuilles de palmier ou de bananier...

...disposez-les autour d'une armature de branchages !

Où s'abriter ? Construisez une armature de branchages autour de laquelle vous disposerez des feuilles de palmier ou de bananier ; étalez-en des fraîches sur le sol pour vous isoler de l'humidité.

En théorie, c'est possible...

...mais ce n'est pas facile !

Comment pêcher ? **En théorie, il est possible d'attraper des poissons avec les mains... essayez, mais ce n'est pas facile !**

Confectionnez des hameçons taillés dans la pierre ou dans le bois, ou bien tressez un filet avec des fibres végétales.

Attention : de nombreux poissons des mers tropicales sont venimeux. Méfiez-vous surtout de ceux qui ont des couleurs vives !

TABLE DES MATIÈRES

Geronimo Stilton

DANS LA MÊME COLLECTION

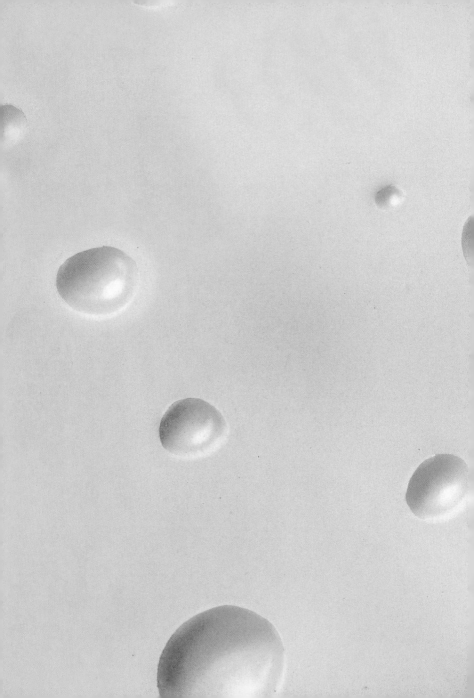

L'ÉCHO DU RONGEUR

1. Entrée
2. Imprimerie (où l'on imprime les livres et le journal)
3. Administration
4. Rédaction (où travaillent les rédacteurs, les maquettistes et les illustrateurs)
5. Bureau de Geronimo Stilton
6. Piste d'atterrissage pour hélicoptère

Sourisia, la ville des Souris

1. Zone industrielle de Sourisia
2. Usine de fromages
3. Aéroport
4. Télévision et radio
5. Marché aux fromages
6. Marché aux poissons
7. Hôtel de ville
8. Château de Snobinailles
9. Sept collines de Sourisia
10. Gare
11. Centre commercial
12. Cinéma
13. Gymnase
14. Salle de concerts
15. Place de la Pierre-qui-Chante
16. Théâtre Tortillon
17. Grand Hôtel
18. Hôpital
19. Jardin botanique
20. Bazar des Puces-qui-boitent
21. Parking
22. Musée d'Art moderne
23. Université et bibliothèque
24. La Gazette du rat
25. L'Écho du rongeur
26. Maison de Traquenard
27. Quartier de la mode
28. Restaurant du Fromage d'or
29. Centre pour la Protection de la mer et de l'environnement
30. Capitainerie du port
31. Stade
32. Terrain de golf
33. Piscine
34. Tennis
35. Parc d'attractions
36. Maison de Geronimo Stilton
37. Quartier des antiquaires
38. Librairie
39. Chantiers navals
40. Maison de Téa
41. Port
42. Phare
43. Statue de la Liberté

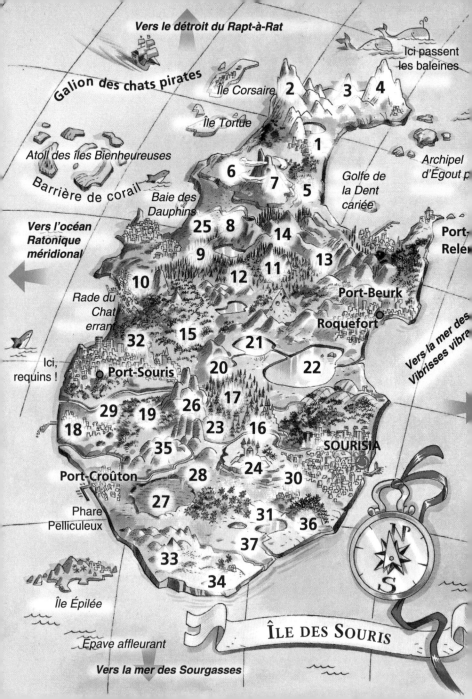

Île des Souris

1. Grand Lac de glace
2. Pic de la Fourrure gelée
3. Pic du Tienvoiladéglaçons
4. Pic du Chteracontpacequilfaifroid
5. Sourikistan
6. Transourisie
7. Pic du Vampire
8. Volcan Souricifer
9. Lac de Soufre
10. Col du Chat Las
11. Pic du Putois
12. Forêt-Obscure
13. Vallée des Vampires vaniteux
14. Pic du Frisson
15. Col de la Ligne d'Ombre

16. Castel Radin
17. Parc national pour la défense de la nature
18. Las Ratayas Marinas
19. Forêt des Fossiles
20. Lac Lac
21. Lac Lac Lac
22. Lac Laclaclac
23. Roc Beaufort
24. Château de Moustimiaou
25. Vallée des Séquoias géants
26. Fontaine de Fondue
27. Marais sulfureux
28. Geyser
29. Vallée des Rats
30. Vallée Radégoûtante
31. Marais des Moustiques
32. Castel Comté
33. Désert du Souhara
34. Oasis du Chameau crachoteur
35. Pointe Cabochon
36. Jungle-Noire
37. Rio Mosquito

Au revoir, chers amis rongeurs, et à bientôt
pour de nouvelles aventures.
Des aventures au poil, parole de Stilton, de...

Geronimo Stilton